LE DEUIL

DE SAINT-CHINIAN

LE DEUIL

DE

SAINT-CHINIAN

(POÉSIE RELIGIEUSE)

Par THÉODORE REVEL

> Quand une grande calamité se déchaîne sur le
> genre humain, pourquoi ces mots d'immortalité et de vie, et non pas ces blasphèmes de
> *matière* et de *néant!* Si l'homme a le sentiment de sa force, il pâlit bien devant le danger!
>
> T. R.

MONTPELLIER

IMPRIMERIE CENTRALE DU MIDI

Ricateau. Hamelin et Cie

1876

A MONSIEUR

AUGUSTE DE MARGON

——

La première porte qui me fut ouverte à l'exercice
de l'enseignement fut celle où vous vites le jour et
où une sainte famille répandait au loin sa charité.

Aujourd'hui comme autrefois, cette famille existe,
et la porte du bien est toujours ouverte à quiconque
s'y présente avec la pureté dans le cœur et les sages
paroles sur les lèvres.

Imbu de ces principes et plein de reconnaissance
pour un passé à jamais regretté, je viens vous deman-
der asile auprès de ces élucubrations que vous retracez
avec tant de zèle, et qui de temps à autre révèlent un
talent que l'avenir louera quand même.

C'est dans ces sentiments que je vous prie d'agréer
l'expression de ma vive sympathie.

THÉODORE REVEL.

UN PEU DE PRÉFACE

Tremper un peu sa plume dans l'encre pour dessiner au frontispice d'un livre quelques paroles morales et chrétiennes, c'est un peu téméraire, cela semble, au milieu du siècle que nous traversons.

Il faut s'avouer cependant ce que l'on est, et faire, selon la maxime du grand Buffon, que le style soit l'homme, et non pas que l'homme soit la négation du style.

Il y a, dans notre société de gens de lettres, des individus qui écrivent à contre-sens et qui rient en silence des dupes qu'ils font. D'autres, aussi, déclament des mensonges pour se faire une réputation équivoque, et désavouent tacitement ce qui n'émut jamais leur for intérieur. Je n'ai jamais aimé la manière de faire de ces gens-là. Ils sont dangereux, pour ne pas être apparents.

Quand j'ai eu le bonheur de faire un livre, j'ai dit ce qu'il était et le mobile qui m'animait en le mettant au jour. Je n'ai pas toujours eu l'avantage de contenter le lecteur, c'est vrai : mais j'ai toujours été à lui loyalement. C'est une qualité qui a bien son mérite pour l'homme qui pense et qui réfléchit !

Aujourd'hui, j'ai voulu essayer de quelques vers. Je ne suis pas poëte ; mais, entraîné par les torrents d'harmonie, j'ai voulu chanter aussi.

Saint-Chinian, avec ses désastres immenses et ses pertes cruelles, m'a ému. Après avoir travaillé sur le plaisir, j'ai voulu chanter sur la douleur. J'ai voulu semer quelques larmes de regret sur une *Évasion* et le *Proscrit*, ces créations si gaies et si heureuses de ma folle jeunesse et de mon inexpérience.

Puissé-je avoir atteint mon but et jeté sur ma route quelques-uns de ces souvenirs de grandeur et de sainteté qui ne s'effacent jamais !

Le génie du bien est pour moi le génie des grandes causes, et je ne le déserterai jamais, dussé-je employer à son triomphe tout ce qui me reste de forces et d'ardent avenir.

Théodore REVEL.

Valros, le 10 juillet 1876.

A MES VERS

De leurs sacrés cercueils, doux échos de mon âme,
Ne troublez point la paix, n'éveillez point le bruit ;
Et brûlez auprès d'eux comme une pure flamme,
Sur le seuil rayonnant de l'immortelle nuit !...

LE DEUIL

DE

SAINT-CHINIAN

(POÉSIE RELIGIEUSE)

La nuit était horrible, et, du ciel, les nuages
S'entrechoquaient bruyants comme au jour des orages ;
La pluie et l'aquilon, mariant leur effort,
Sur nos fronts ahuris jetaient le cri de mort ;
Et, mornes, abattus, du sein de la tempête,
Vers Celui qui peut tout nous levions notre tête !...
Oh ! qui dira les cris, les tourments, les terreurs,
Dont nos âmes souffraient, dont gémissaient nos cœurs ?
Qui dira les soupirs, les chagrins et les larmes,
Répandus dans nos champs naguère pleins de charmes ?
Toi seule en fus témoin, sainte Divinité !
Toi qu'invoqua mon cœur, qui ne m'as point quitté ;

Toi seule, de ton œil pus sonder cet abîme
Où finit à la fois et le bien et le crime.
De ton regard de paix, oh ! pardonne au pécheur :
S'il t'oublie à la joie, il t'appelle au malheur !..

.   .   .   .

.   .   .   .

Enchaîné dans ses bords, de sa vague puissante,
Le torrent furieux battait l'eau mugissante :
Et, maître de lui-même, enfin triomphateur,
Sur sa rive vaincue il jeta la douleur !
Oh ! qui les contera, ces transes, ces tristesses,
Qui surgirent partout en immenses détresses ?
Qui voudra te narrer, incroyable réveil,
Suspendant sur nos fronts les splendeurs du sommeil ?
Qui vous révélera, songes, douces délices,
Dans vos joyeux transports voués aux sacrifices ?
Des épaves sans nombre, au gré des eaux, du vent,
Sillonnaient nos vallons du couchant au levant ;
Et même un jeune enfant !.. ô terreur inconnue !
Passait dans un berceau, la tête calme et nue !..
Le tocsin alarmait nos échos assombris,
Et du village entier s'assemblaient les débris :
Personne ne voulait, de cette nuit funeste,
Assouvir le festin, être le dernier reste ;
Et, debout, éperdus et tristes, consternés,
Nous gémissions d'effroi, de mort environnés.
Cependant de nos murs les angles formidables
Fléchirent tout à coup au dur contact des sables.

Et, moitié suspendus, leurs chancelants débris
Dans leur ruine immense étouffèrent nos cris.
Le roc, vieux compagnon de la cime neigeuse,
En un instant fondit dans sa chute poudreuse ;
Et, sur l'aile des vents, ses débris dispersés
Retombaient bruyamment, dans les eaux amassés.
Des arbres mutilés, des buissons, des épines,
Se tordaient, se nouaient, dans l'antre des ravines,
Et les roseaux pourris, aux huttes emportés,
Surnageaient vaguement, d'insectes escortés.
L'homme seul, sans soutien ; seul, lui, dans la tourmente,
N'avait pour tout appui que sa ferveur constante :
Il croyait en son Dieu, son confiant amour ;
Il lui vouait son cœur dans un loyal retour ;
Il espérait, de plus, qu'éclairant le supplice,
Le jour reparaissant prendrait le sacrifice !
Vain espoir !.. De la nuit l'aurore dégagée
Rouvrit l'ère de sang en son âme affligée ;
Et de son œil sans force, enseveli de larmes,
D'un nouveau champ de morts il compta les alarmes...
Ici c'était un frère, et plus loin des amis,
Dans les bras l'un de l'autre au Seigneur endormis.
Là-bas un jeune enfant, à côté de sa mère,
Dormait comme un saint lis sur la profane terre ;
Son front était serein, son regard triomphant :
On pleurait sur la mère, on bénissait l'enfant !
Des bœufs et des moutons, surpris dans leur pâture,
Aux chiens désespérés donnaient la nourriture,

Et le corbeau, de sang, par la proie alléché,
Frottait son bec impur au rempart ébréché !

. . . .

. . . .

Qu'étiez-vous devenus, frondeurs de l'Evangile,
Grandeurs sans dignité, grandeurs faites d'argile ?
Amoureux de la nuit, ivres d'obscurité ;
Vous qui, chantant le mal, tronquiez la vérité ?
Vous ne les vîtes pas, ces jours d'amères larmes,
Où des banquets divins nous goûtions les doux charmes :
Où, renonçant à tout, à la joie, au plaisir,
Nos âmes s'éteignaient dans leur ardent désir !
Puisse le Roi des Rois, oubliant vos misères,
A vos jours égarés donner des jours prospères,
Et, vous montrant la nuit de vos illusions,
Semer sur vos sentiers ses douces visions. . .

. . . .

Ainsi coulaient nos jours, et l'heure impitoyable
Se traînait lentement dans sa marche effroyable :
L'horizon élargi, grandi dans le lointain,
S'éclairait par moments, puis restait incertain ;
Et, sur le vert sentier où le bûcheron passe,
Aucun être vivant ne révélait sa trace :
Autour de nous la nuit et puis l'obscurité,
Le vide sans merci, l'affreuse nudité :
Le Néant ! ce grand roi des âmes infidèles ;
Le Grand Tout ! ce soleil des âmes immortelles :
La mort après les cris, les supplications. . .
Et les nouveaux regrets, les désolations ! . . .

Mon Dieu ! dans leur vertu, nos âmes moissonnées
Demandaient à ton cœur le nombre des années.
Nous avions de l'espoir, des biens, de l'avenir ;
Oh ! pourquoi nous frapper et nous faire mourir ?
Pourquoi nous attrister dans notre belle aurore
Et vider dans nos mains la coupe fraîche encore ?
Nous t'aimerons toujours, nous serons tout à toi ;
Notre prière est pure, elle est pleine de foi !
Et dans tes temples saints, peuplés de nos louanges,
Nous mêlerons ton nom à celui de tes anges ! !

   . . . .

   . . . .

Mais l'eau ne tombait plus ; le vent de la montagne
Raffermissait le sol dans l'humide campagne :
Les ruisseaux murmurants, aux pentes inclinés,
Ramenaient par degré, de jour illuminés,
Leur flot pur au torrent ; le soleil, moins livide,
Reflétait ses rayons dans un ciel plus limpide.
L'alouette chantait !... d'héroïques soldats,
Au détour du sentier, précipitaient leurs pas.
Que venaient-ils chercher ? Sur leur pâle visage,
Nos chagrins dévorants avaient gravé l'image.
Venaient-ils essayer de calmer nos douleurs ?
Amis de l'infortune, oh ! laissez nos malheurs !
Du séjour des heureux, nos fils ont vu les gloires ;
Mourir comme ils sont morts, ce sont là nos victoires.
Ils sont là tous couchés ; ils reposent en Dieu :
Laissez-nous la grandeur et l'horreur de ce lieu !

Et toi, prêtre pieux ; toi, sublime lévite ;
Toi qui, comme l'aimant, vers ton Maître gravite :
Toi, le héros du temps, de la postérité,
Modèle de douceur, d'amour, de charité !
Pardonnant mon récit, accueille mes hommages :
Célébrer tes vertus, c'est illustrer mes pages.
Quand la mort fauchait tout sur nos seuils désolés.
Tu nous enflammais tous par tes soins consolés ;
Par toi nous revivions ! . . . et même aux tabernacles
Tu préservais des flots la manne des miracles !!...
Que ton nom, par nos voix aux âges répété,
Dise de notre amour l'austère vérité ;
Que nos murs reconstruits, que nos champs, nos rivages,
De leur futur bonheur te donnent les doux gages :
Et qu'au bord du torrent où l'herbe vient de naître,
La mort !... oh ! non, la mort n'ose plus reparaître !

LE SAUVETAGE

Elle appelait son fils, la malheureuse mère,
Et l'écho sans pitié lui répétait son nom ;
Ses larmes, lentement, tombaient de sa paupière
Et brillaient à ses pieds, dans l'herbe du vallon !

La nuit était sereine, et de belles étoiles
Scintillaient vivement dans la voûte des cieux ;
Sur les flots apaisés, quelques bateaux sans voiles
Se livraient au courant, tristes, silencieux.

Et la mère cherchait, parmi tant de victimes,
Celui qu'elle pressa naguère sur son cœur.
Il ne dormait point là !.. Sur les sombres abîmes,
Glissait et frémissait le bateau remorqueur !

Longtemps elle attendit ; et l'aube blanchissante,
Sur la rive pierreuse, hélas ! la vit encor ;
L'alouette monta dans le ciel frémissante
Et la cloche tinta l'hymne glacé de mort !

La mère eut un frisson, et, fixant la vallée,
Elle vit dans les champs des enfants accourir ;
La foule se pressait, anxieuse, affolée,
Et l'écho répétait : Mère, tu peux mourir !..

APRÈS LE DÉSASTRE

L'HYMNE DU NAUFRAGÉ

Moins doux est le nectar que butine l'abeille,
Aux brises du printemps, aux caresses des fleurs ;
Moins pure est la clarté de l'astre qui s'éveille
Sur les monts endormis, quand descendent les pleurs,

Que ton nom, ô Marie, ô ma divine Mère !
Mais, pour te célébrer, ma lyre est sans accords ;
Réveille dans mon cœur le flambeau de lumière,
Toi qui peux inspirer, enflamme mes transports !

Le monde sans ta force est la vie expirante
Qui, lasse de dégoût, se dévoue au tombeau ;
La grandeur la plus fière est grandeur impuissante,
Quand à son front hautain ne luit point ton drapeau.

La santé, le bonheur, la gloire, les tendresses,
S'ils n'ont de ton amour le digne et saint reflet,
Ne sont que vains fracas, que fatales ivresses,
Et leur contentement est toujours incomplet.

Avec le saint espoir, tu rends aussi la vie,
Et des cœurs malheureux tu charmes les douleurs ;
Fontaine de bonheur, tu n'es jamais tarie,
Et, soleil bienfaisant, tu dissipes les pleurs !

Pourquoi le matelot, menacé par l'orage,
Abattu de frayeur, t'invoque-t-il ? te prie ?
Pourquoi le jeune enfant qui ne compte point d'âge,
Au baiser d'une mère a-t-il nommé Marie ?

Et pourquoi le vieillard, qui, vers sa dernière heure,
Ressent la rude main de l'austère Inconnu,
Trouve-t-il étonné, dans son âme qui pleure,
Un rayon de bonté par ta foi descendu ?

C'est que, manne sacrée et sublime lumière,
Ton rayon est l'amour qui ne vit que d'amour ;
C'est que, chaste regard, tu n'es point la paupière
Qui ferme ses trésors au doux contact du jour !

Les êtres, les objets, en un mot la nature,
Aux concerts de nos chants joignent leurs beaux concerts;
Les fleurs, à tes genoux, épandent leur parure,
Et les oiseaux ravis t'annoncent dans les airs.

O Mère de bonté ! vase pur, sans mélange,
Que ma prière au Ciel monte comme un soupir :
Du sanctuaire saint, des paroles de l'ange,
Qu'elle ait ta majesté, la vertu du martyr !

Au pauvre naufragé donne la nourriture,
Au captif malheureux rend les doux horizons ;
Sur nos coteaux déserts replace la verdure,
Illumine de paix le toit de nos maisons.

Dans l'ombre du taudis, fais que ta vigilance
Descende comme un flot brûlant de charité ;
Que la douleur, par toi, cesse d'être souffrance,
La soif un dur besoin, la faim nécessité !

Des autels renversés rétablis l'héritage
Et des Persécutés rassérène le sort ;
Donne au profanateur l'encens de ton langage
Et charme dans tes bras les horreurs de la mort !

Console et réjouis tout être qui respire,
Et sur mon front croyant mets l'immortalité. '
Quand je voudrai mourir, montre-moi ton sourire,
Etoile de bonheur, ouvre-moi la Cité !

ŒUVRES DE L'AUTEUR

EXPÉDIÉES FRANCO CONTRE ENVOI DE TIMBRES-POSTE

1° **Une Évasion**............................ 3 fr. »
2° **Le Proscrit** 1   50
3° **Méhala** (poésie)........................ 0   50
4° **Le Deuil de Saint-Chinian** (poésie)........ 1   25

www.ingramcontent.com/pod-product-compliance
Ingram Content Group UK Ltd.
Pitfield, Milton Keynes, MK11 3LW, UK
UKHW021713090726
13657UKWH00005B/2229